Katharina Rosenplenter

Happy Birthday

Anleitung, wie man einen Geburtstag verderben kann

AF198709

©2019 Katharina Rosenplenter

Herstellung und Verlag:

BoD-Books on Demand, Norderstedt

ISBN: 978-3-7494-5337-5

Inhalt

1 Einleitung

Also, mit Geburtstagen hat sie es schon immer gehabt. Sie hat dafür gesorgt, dass die gründlich danebengegangen sind. Nun kann der unbefangene Leser fragen, wie man einen Geburtstag überhaupt versauen kann. O ja, da gibt es unzählige Möglichkeiten. Spontan fällt einem ein, dass man ihn vergessen kann. Davon lebt eine ganze Grußkartenindustrie. Harmlos ist da noch die Variante mit: „Nachträglich alles Gute zum Geburtstag", mit Abbildung von Vergissmeinnicht. Aber das setzt das Wohlwollen des Adressaten voraus. Ein Dackel mit dem berühmten Blick und vielleicht reumütigen Entschuldigungen impliziert, dass der Angeschriebene sauer ist. Und der Elefant mit einem Blumenstrauß im Rüssel vergrößert noch das Vergehen. Also das kommt häufig vor. Nein, mit dem bloßen Vergessen das wäre zu simpel. Es gibt noch viele andere Möglichkeiten, dafür zu sorgen, dass der Tag, der eigentlich ein Ehrentag ist, zum Desaster gerät. Ich habe darüber nachgedacht, nachdem der ultimative Super-Gau im Zusammenhang mit einem Geburtstag passiert ist. Doch darüber später. Nachdem das Unglück nun mal passiert war, da fiel mir auf, dass sich das schon lange vorher angekündigt hatte, und dass sie schon vorher unzählige Male Theater mit Geburtstagen gemacht hat. Letztendlich bin ich auf sieben verschiedene Möglichkeiten gekommen, denen jeweils ein Kapitel dieses Buches gewidmet ist. Sie umfassen den Zeitpunkt der Feier, wenn man einlädt, das Vergessen, natürlich, aber auch die Geschenke, ein sehr umfangreiches Kapitel, die Bewirtung der Gäste, die mit dem Ausrichten verbundene Arbeit und dann als Höhepunkt der ultimative Super-Gau. Der hat dazu geführt, dass ich ernsthaft darüber nachgedacht habe, den Geburtstag überhaupt zu feiern. Ich wäre nicht allein darauf gekommen, aber durch Zufall fiel mir im Herbst des Jahres, als der Geburtstag so total entgleist ist, ein Artikel der Regenbogenpresse in die Hände. Darin hieß es: Keine Geburtstagsparty für Prince, Paris und Blanket. Die Kinder des verblichenen Michael Jackson waren in die Obhut ihrer Großmutter gekommen. Und die gehörte zu den Zeugen Jehovas, die feiern keine Geburtstage. Das schien mir keine schlechte Idee, wenn wir das so gehandhabt hätten, wir hätten uns einen Haufen Ärger erspart. Im Übrigen zeigte ein Bild in der Zeitschrift drei pubertierende Teenager, die mit aufblasbaren Schwimmwesten ein Wasserrutsche in einem Vergnügungspark herunterrutschten und auch ohne Geburtstag offensichtlich sehr viel Spaß hatten.

Nun aber zu den verschiedenen Möglichkeiten der Geburtstagsdesaster. Sie fangen zunächst ganz harmlos an, steigern sich dann aber von Kapitel zu

Kapitel, bis die absolute Meisterschaft im Versauen erreicht ist. Also los geht es damit, wen man einlädt, steigert sich dann mit der Kleinigkeit des Datums, dem Vergehen oder ist es ein Verbrechen des Vergessens, der Malaise mit den Geschenken, wie man die Gäste bewirtet, dem Gejammer über die viele Arbeit zum Finale furioso. Man kann sich dabei auf einiges gefasst machen.

Kapitel 1
Wenn der kommt, dann kommen wir nicht

Eigentlich sollte das Geburtstagskind bestimmen, wer eingeladen wird. Denn gefeiert muss werden, da beißt die Maus keinen Faden ab, und es hilft nichts. Etwa, besonders zu einem runden Geburtstag, zu verreisen, ist Feigheit vor dem Feind, und sich einfach zu verziehen, das ist unverzeihlich. Also, gefeiert muss werden! Aber sie hatte schon immer etwas gegen unsere „kommenistischen" Freunde. Nicht dass unsere Freunde alle der Partei der Linken angehörten, es bezog sich auf deren Lebensstil. Sie hatten in ihrer Wohnung nicht die Schrankwand „Eiche Rustikal" und eine plüschsamtige Couchgarnitur, sie kochten griechisch oder italienisch, Mahlzeiten, die sich von der typisch deutschen Kartoffel- und Eintopfküche doch mächtig unterschieden. Das war in ihren Augen ein absolut schlechter Umgang und nicht tolerierbar. Wenn wir erzählten, dass wir uns mit dem oder dem getroffen hätten, dann erfolgte todsicher die Reaktion; Fremde…na ja, wir sind ja auch bloß die Eltern. Sie ließen kein gutes Haar an unseren Freunden, und ein Zusammentreffen anlässlich eines Geburtstags, das ging schon gar nicht, da lauerte der Sprengstoff.

Wir mussten also unsere Geburtstagsfeiern entzerren. Eine für unsere Freunde, eine für die Verwandtschaft Dass sie sich dabei zeitlich hinzogen wie Bauernhochzeiten, das haben wir hingenommen. Nur, für Studenten ist es auch ein finanzielles Problem, eine Bewirtung über drei Tage hin auszudehnen, für Berufstätige ist das auch eine Zeitfrage. Wenn mehrere Nachmitttage und Abende blockiert sind, einschließlich der jeweiligen Beseitigung des Küchenchaos, das führt das schon zu organisatorischen Problemen. Also einmal feiern mit Freunden, einmal mit der Verwandtschaft, aber auch im Zusammenhang damit gab es bald Krach.

Das einzig Gute an der ganzen Angelegenheit war dass sie schließlich nur noch zu zweit kamen. Denn nicht nur, dass sie unsere Freunde und ihren Lebensstil grundsätzlich abgelehnt haben, es krachte auch in de Familie. Diese wurde das auf den Geburtstag folgende Wochenende eingeladen, weil Berufstätige unter den Gästen waren. Im Normalfall spielte es sich dann so ab: Um drei wurde zum Kaffee geladen. Manchmal hieß es: wir bringen Kuchen mit, damit ihr nicht so viel Arbeit habt. Dabei macht der Kuchen nun die wenigste Arbeit, außerdem übersteht ein Paket Kuchen vom Bäcker - zum Backen war sie zu faul, das machte ja Arbeit – den Transport in einem Berliner Bus nicht ohne Schäden. Danach wurde es feucht und fröhlich, bis das Abendbrot wieder Ernüchterung brachte.- Ein Problem war dabei die Rolle von Oma. Sie pflegte, wenn um drei zum Kaffee geladen war, zu zwei zu erscheinen und störte dann bei den Vorbereitungen. Dafür ging sie dann aber auch, sobald der letzte Krümel vom Abendbrot gegessen war, nicht ohne ein Kostprobe aller Speisen für ihre Tochter mitzunehmen die gehbehindert war und die deswegen nicht mitkam. Ein beliebter Vorwand war, dass die große Wäsche am nächsten Tag abgeholt wurde. Deswegen musste sie gleich nach dem Abendbrot gehen. Ihr Erscheinen wurde aber immer seltener, weil sie immer klappriger wurde, und vor allem ihre gehbehinderte Tochter nicht alleine lassen wollte. Gebehindert bedeutete auch ein Lebendgewicht von drei Zentnern, da ist es wirklich ein Problem, zwei Geschosse abwärts zu steigen. Sie hat das nur noch einmal gemacht, nämlich als wir unser Haus bezogen hatten. Die Schwiegereltern bestanden darauf, dass wir die Verwandtschaft einladen mussten. Der Hintergedanke dabei war, dass sie mit uns als Hausbesitzer angeben wollten. Und da wuchteten sich also die inzwischen mehr als drei Zentner von Tante Pauline die Treppe hoch. Wir hatten dabei nur eine Sorge: Das Klobecken in unserem Bad war an der Wand aufgehängt. Ob sich das mit dem Gewicht von Tante Pauline vertrug? Aber Respekt vor dem deutschen Handwerk, die Befestigung vom Klo hat gehalten, nur das Geländer am Eingang hatte sie aus der Halterung gerissen, und es wackelte seitdem. Der Rest der Familie, bestehend aus Tante Gertrud und Onkel Willi, brach nach zwei Vorfällen dann den Kontakt ab. Das kam so: Tante Gertrud hatte uns zum Mittagessen eingeladen. Es gab Königsberger Klopse, ein richtig altdeutsches Essen. Wir langten zu, ich etwas weniger, weil auf meine Figur achtend, mein Mann etwas mehr, da er sich bei seiner Patentante wie zu Hause fühlte. Wenig später erfuhren wir von meiner Schwiegermutter, dass Tante Gertrud sich sehr missbilligend über uns geäußert habe. Wir hätten wie die

„siebenköppigen Raupen" gefressen, was ihr Haushaltbudget sehr durcheinandergebracht habe, und im Übrigen täte ich ja gut daran, nicht so viel zu essen. Dahinter steckte aber etwas ganz anderes. Ich sei hinter ihrem Goldstück her. So ein Blödsinn. Das Goldstück hatte eher ein Auge auf mich geworfen. Da wir uns eigentlich nur bei Familienfeiern sahen, bei denen viel Feuchtes und Fröhliches auf den Tisch kam, war die Stimmung oft recht albern. Ich machte nun dabei kräftig mit, weil ich nicht als hochnäsig und zickig gelten wollte. Das Goldstück an sich interessierte mich eigentlich überhaupt nicht, er hätte auch glatt mein Vater sein können. Aber Tante Gertrud war da etwas giftig. Da beide irgendwann einmal auch gesundheitlich angeschlagen waren, hörte das mit der Feierei auch bald auf. Seitdem ertrug man die damals noch im Doppelpack auftretenden Schwiegereltern einmal im Jahr. Da mein eigener Geburtstag in die Hauptreisezeit fiel, hab ich ihn meistens auf der Autobahn oder auf dem Flughafen verbracht. Sehr böse darüber war ich nicht. Und der Geburtstag meines Mannes ? Einmal im Jahr geht, wenn man sich innerlich darauf einstellt. Ich war damals noch jung und unerfahren. Heue würde ich sagen: Es ist mein Geburtstag, und da bestimme ich, wen ich einlade. Wenn euch das nicht passt, dann könnt ihr auch wegbleiben. Für diese Erkenntnis musste ich allerdings mehr als sechzig Jahre alt werden.

Kapitel 2
Geburtstag feiert man am selben Tag!
Aber wir sind ja bloß die Eltern…

Sie haben es nie begriffen, dass wir inzwischen am eigentlichen Geburtstag arbeiten mussten und keine Zeit hatten. Außerdem, die Geburtstage feiert man…

Nachdem wir uns daran gewöhnt hatten, dass unsere Freundschaften den Senioren grundsätzlich nicht passten, arrangierten wir unseren Terminkalender so, dass sie sich nicht ins Gehege kamen. Im Übrigen eine weise Entscheidung. Es war gut, dass sie mit unseren Freunden in der Regel nicht zusammentrafen. Das konnte verheerende Folgen haben, doch davon später. Es ging so nicht einmal mit der eigenen Verwandtschaft, also musste man sie allein einladen. Das hatte uns die Erfahrung inzwischen gelehrt. Aber wann denn nun? Geburtstage können auf sieben Tage in der Woche fallen, feiern tut man in der Regel nur am Wochenende, also Freitagabend, eher aber am Sonnabend. Wenn der Geburtstag also zum Beispiel auf einen Dienstag fällt, steigt die große Feier am Wochenende. Der Brauch des „Hineinfeierns", also eine ganze Nacht dranzugeben, war damals nicht üblich, eine Feier endete eher früh.

Um auf die Frage des „wann " zurückzukommen, etwa zehn Tage vor dem fraglichen Datum kam ein Anruf.

- Wann sehen wir uns denn zum Geburtstag?
- Na, am Sonnabend!
- Sie hat aber doch am Dienstag! Oder haben wir uns da vertan? Außerdem wollten wir nur wissen, um welche Uhrzeit!(Natürlich um drei, wie immer, das war eisernes Gesetz)

- Aber wir haben doch immer am Wochenende gefeiert! (Weil Tante Getrud und Onkel Willi, ohne die es nicht ging, berufstätig waren.)
- Die Antwort kam wie ein Donnerwetter: Einen Geburtstag feiert man am selben Tag! Naja, beim Benehmen müsst ihr eben noch viel lernen!

Also gut, wir sind ja nicht rechthaberisch. Beim nächsten Geburtstag ergab es sich tatsächlich, dass wir nichts beruflich Verpflichtendes vorhatten.

- Sehen wir uns dann am Donnerstag?
- Wieso, ich dachte wir feiern am Sonnabend! Ihr seid ja bloß Studenten, denkt doch mal an die Berufstätigen! Ihr müsst schließlich auch mal Rücksicht nehmen!

Anmerkung: Es war eigentlich niemand berufstätig, Tante und Onkel nahmen aus den schon genannten Gründen aus dem vorigen Kapitel nicht mehr an den Feierlichkeiten teil, Der Schwiegervater war Rentner, sie selbst jobbte gelegentlich stundenweise als Aushilfe im Kaufhaus, allerdings nur am Wochenende. Über ihre Berufstätigkeit hatte sie- übrigens bis heute reichlich bizarre Vorstellungen. Zunächst hatte sie jahrelang überhaupt nicht gearbeitet, „weil eine Beamtenfrau eben nicht mitarbeitet". Der Schwiegervater war als Angestellter der AOK zum Beamten gemacht worden, was zwar das Merkmal der Unkündbarkeit und eine sichere Pension mit sich brachte, aber auch deutlich weniger Geld. Finanziell hatte sich der Beamtenstatus also nicht gelohnt. Aber ein Beamter war etwas Besseres, und seine Frau hatte es nicht nötig zu arbeiten, aber man merkte das eben im Portemonnaie. Erst Jahre später, zur Zeit der Revolution von 1968, zurzeit von Beatles, Hippie-Bewegung und Swinging London wurde ihr zugestanden, sich durch eine stundenweise Tätigkeit ein Taschengeld zu verdienen. Das bedeutete zwei Sonnabende im Monat vier Stunden Arbeit, von neun bis dreizehn Uhr. Warum sie dazu allerdings um fünf aufstehen musste, wenn sie um neun anzufangen hatte, ist mir nie so recht klar geworden, insbesondere weil ihr Weg zur Arbeit mit der U-Bahn etwa 30 Minuten dauerte. Sie hat es nun allerdings geschafft, aus dieser Tätigkeit in der nachträglichen Verklärung einen Vollzeitjob zu machen, bei dem sie sich jahrelang die Finger wund geschuftet hat, damit ihr Sohn studieren konnte. Dass ihr Sohn mit knapp 22 Jahren geheiratet hat und von zu Hause ausgezogen ist, das hat sie dabei vergessen. Und sowohl ihr Sohn als auch seine Frau haben sich ihr Studium selbst verdient, sie mussten niemals auch nur eine Mark an Unterstützung zahlen.

Wie dem auch sei, sie oder damals beide erschienen mit Rücksicht auf die

„arbeitende" oder tatsächlich arbeitende Bevölkerung am Sonnabendnachmittag, sie kam also von der Arbeit, vier Stunden einschließlich Pause, aber sie musste erstmals die Beine hochlegen. Wir hatten dafür extra einen Hocker angeschafft, und dann ging es los. Als ob ein Gullydeckel aufging, so fing sie an zu sudeln, von dem, was sie bei der Arbeit erlebt hatte. Das war nun gar nicht lustig, sondern man bekam den Eindruck, die meisten Menschen seien Dreckferkel und man merkte das besonders beim Kleiderkauf. Dann kam sie auf Grundsatzfragen der Politik und geriet dabei regelmäßig mit Onkel Willi in die Haare, als der noch dabei war, der als Schachtmeister im Tiefbau eine enge Beziehung zu Gewerkschaften und Sozialdemokraten hatte, und in dieser Richtung auch ein politisches Klassenbewusstsein hatte. Er sprach auch über seine Schwägerin nur „bei Vornehms", was sie nicht einmal als Veräppelung wahr nah, sondern im

Gegenteil, das erfüllte sie mit Stolz gegenüber dem „Proleten".

Da zu diesem Zeitpunkt der Kaffeetisch schon abgeräumt war, und Flüssigeres angeboten wurde, verliefen die Auseinandersetzungen meistens recht heftig. Das Abendessen war dann eher Nebensache, abgesehen davon, dass es das Aufbruchssignal für Oma war.

Im Übrigen waren wir beide in ihren Augen faul. Dass wir unser Studium beide mit studentischen Hilfskraftstellen finanzierten, wurde geflissentlich übersehen. Ganz im Gegensatz dazu Rene, der Sohn der Nachbarn, der einen dauerhaften Job als Kellner hatte. Da hieß es: Der Rene arbeitet ja auch für sein Geld!

Noch als wir schon fest in Lohn und Brot standen, waren sie der Auffassung, unsere Arbeit sei unseriös.

Sie sei so etwas wie das Modell, das bei einem großen Discounter herrschte, dass die Kassiererinnen auf Abruf bereit sein mussten, falls sie gebraucht werden. Sie selbst hatte das auch bei ihrer Aushilfstätigkeit erlebt, weil es da öfter vorgekommen war, dass am Abend ein Anruf kam, ob sie ausnahmsweise auch an einen anderen Tag zur Arbeit kommen könnte. Noch jahrelang kam die Frage: Warste heute arbeeten? Wohlgemerkt „arbeeten" war eine Tätigkeit, die nicht so ganz ernstgenommen wurde. Auch waren sie der Auffassung, dass die Arbeit beim Lehrer nur die tatsächlich erteilten Unterrichtsstunden seien, wie bei einer Mehrheit der Bevölkerung. Aber das ist eine andere Sache. Sie habe auch nie begriffen, dass der Stundenplan eines Lehrers ständig wechselt. Ich hatte einmal das Glück, am Montag keinen Unterricht zu haben. Sie dachte nun, dass dieser Zustand bis zur Rente andauert. Der dauerte aber nur ein halbes Jahr.

So glaubte ich nichts Böses, als das Telefon klingelte. Ein äußerst indignierter Anruf: „Wir haben gestern Vormittag angerufen, aber es ist keiner rangegangen!"

- Ich war ja auch in der Schule!
- Was machste denn da, ich denke, du hast Montag frei!
- Zum neuen Schuljahr habe ich einen neuen Stundenplan, da ist der Montag nicht mehr frei!

Es dauerte Wochen, bis sie das kapiert hatten, und bestärkte sie in der Auffassung, unsere Tätigkeit sein ganz und gar halbseiden. Irgendwann hatte ich dann am Mittwoch keinen Unterricht: Das war nun weniger hilfreich, weil am Mittwoch Konferenzen waren und ich dann trotzdem hinmusste. Eines Mittwochnachmittags wollte ich mich gerade auf den Weg machen, da stand mein Schwiegervater plötzlich vor der Tür. Er hatte die Idee, dass er mich mal besuchen wollte, „ weil ich Mittwochs doch frei hätte." Ich glaube, er hat mir bis zu seinem Tod nicht verziehen, dass ich ihn nicht reingelassen habe, Kaffee gekocht und ein Schwätzchen gehalten habe, sondern mich auf den Weg Richtung Schule gemacht habe. Aber wenn jemand unangekündigt kommt, muss er damit rechnen, dass es nicht passt oder dass derjenige nicht einmal zu Hause ist.

Jedenfalls haben sie sich beide bei meinem Mann über mein schlechtes Benehmen bitterlich beschwert.

Irgendwann war also mal wieder ein Geburtstag fällig.

– Also dann bis Sonnabend!

–Wieso???!!!???

- Na zum Geburtstag!
- Sie hat aber doch am Dienstag Geburtstag!
- Ich denke, man feiert am Wochenende? Das haben wir doch immer schon so gemacht!
- Das könnt ihr mit euren kommunistischen Freunden so machen!

Sie bestanden darauf, dass wir am selben Tag zu feiern hätte. „Der Papa" hatte das ja, als er noch in Lohn und Brot stand, mit seinen Kollegen auf der Dienststelle genauso gemacht, - wie alle anderen auch und war dabei manchmal in einem nicht mehr ganz salonfähigen Zustand nach Hause gekommen. Aber das war früher gewesen, in der guten alten Vergangenheit. Die Zeiten, wo man sich auf der Dienststelle anlässlich eines Geburtstags voll die Kante geben konnte, waren lange vorbei.

Kapitel 3
Vergessen

Ja, man kann einen Geburtstag vergessen. Wie schon erwähnt, lebt die Grußkartenindustrie recht gut davon. Aber mit solchen Lappalien gab sie sich nicht ab. Bei jedem Geburtstag wurde stolz die Anzahl der Geburtstagskarten präsentiert, malerisch auf einem Tisch drapiert, fast wichtiger als die obligatorischen Blumen Und wehe, jemand aus dem Bekanntenkreis hatte vergessen zu schreiben.

Das Malheur mit uns fing an, da waren wir schon einige Jahre verheiratet. Genauer gesagt, die Studentenzeit neigte sich dem Ende zu. Die Meldung zum Examen stand an. Da wir in Deutschland leben, bedeutete das nicht nur eine gründliche Vorbereitung auf die fachlichen Inhalte, der Prüfung, sondern auch ein Kampf mit dem Moloch der

Prüfungsbehörde. Es dauerte einige Wochen, bis klar war, dass sie vorgelegten Dokumente und Unterlagen als Voraussetzung für das Ablegen der Prüfung akzeptiert werden konnten. Für uns reichlich stressige Wochen, da wir als unschuldige Studenten bisher kaum Erfahrungen mit dem deutschen Bürokratismus gemacht hatte. Jedenfalls waren wir froh, dass wir, nachdem alles in trockenen Tüchern war, zwei Wochen in den Bayerischen Wald fahren konnten. Der war damals noch halbwegs erschwinglich und landschaftlich sehr reizvoll. An einem schönen Sommersonntag wanderten wir nun zu einem belebten Ausflugsziel, das wir um die Mittagszeit erreichten. Wir kehrten ein und bemerkten das Vorhandensein einer Telefonzelle. Die ganze Geschichte spielt in der Vor-Handy-Zeit. Da am Sonntag waren die Telefonate billiger waren, beschlossen wir, die Gelegenheit zum obligatorischen Anruf daheim zu benutzen. Frisch gestärkt begab ich mich mit dem nötigen Kleingeld zur Telefonzelle. Als ich mich fröhlich aus unserem Urlaub am Telefon meldete, geschah es. Zornesschalen ergossen sich über mich, und unwillkürlich hielt ich den Hörer ein Stück weg vom Ohr. – Verletzungsgefahr von dem, was aus dem Hörer quoll.

Ich erfuhr: Euer Vater ist sehr empört, dass ihr nicht an seinen Geburtstag gedacht habt...minutenlang sprudelte Gift und Galle aus der Leitung. Ich kam wie ein begossener Pudel zurück. Zugegeben, ich habe ein miserables Zahlengedächtnis. Ich kann mir keine, Hausnummern merken, wenn ich aber irgendwo einmal gewesen in, finde ich es auch wieder. Katastrophal ist es auch mit Telefonnummern, die muss ich aufschreiben. Und Geburtstage??? Wenn es nicht gerade eine runder Geburtstag ist, große Ereignisse werfen ihre Schatten voraus, dann vergesse ich sie schon mal. Normalerweise nimmt einem der Betroffene das auch nicht übel, aber in diesem besonderen Fall schon. Wir bekamen nach unserer Rückkehr einen förmlichen und vernichtenden Brief, fein säuberlich mit der Maschine geschrieben. Es war die Rede von „Herz- und Rücksichtslosigkeit, die durch nichts zu verzeihen ist, " von „arroganter Gedankenlosigkeit" und von „bodenloser Frechheit". Dass wir in den Wochen davor den Kopf wirklich mit anderen Dingen vollgehabt haben, darüber wurde hinweggegangen.

Es steckte übrigens System hinter ihren Getue. Etwa ein Jahr später waren wir wieder mal zu Besuch, man unterhielt sich über dies und jenes, unter anderem ging es um eine Bescheinigung wegen der anfangs erwähnten Prüfung. Sie dauert tatsächlich ein Jahr. Und länger. Mein Mann wollte sie seine Eltern zeigen. Dazu musste er in der Flur gehen und seine Jacke durchsuchen, denn darin steckte die Bescheinigung. Er fand sie nicht gleich und rief mich zu Hilfe. Es dauerte einen Moment. Und wir hörten aus dem Wohnzimmer ein Flüstern: Wollen doch mal sehen, ob die daran denken! Schlagartiges Verstummen als wir wieder eintraten. Sie ließen sich nichts anmerken, und wir auch nicht. Natürlich haben wir diesmal am fraglichen Tag angerufen und gratuliert. Irre ich mich, oder waren sie etwas enttäuscht?

Das mit dem Vergessen ist uns nie wieder passiert, auch wenn sie sich alle Mühe gegeben haben, ein Vergessen zu provozieren.

Geflüstert hat sie übrigens gerne. Ich habe für die Abfassung meiner Doktorarbeit sehr lange gebraucht, und die ist nicht das bahnbrechende Ereignis für sie deutsche Wissenschaft, aber dafür echt. Das Thema ist so speziell, dass es da nichts zum unerkannten Abkupfern gib. Außerdem war das noch vor der Zeit des Copy- und Paste, kurz, ich tat mich schwer, und es dauerte sehr lange. Und umso wütender war ich, als ich einmal bei einem Besuch mal kurz in die Küche ging und sie von dort auch flüstern hörte: Das wird doch nichts mehr mit der Doktorarbeit. Wie sich herausstellte, hatte sie in ihrem Kaffeekränzchen mächtig mit mir angeben wollen. Das tat sie gerne.

Ich drehte mich auf dem Absatz um und erklärte ihr, das es sich nicht gehöre, über mich mit meinem Mann zu flüstern, sie könnte mich ja direkt fragen und außerdem wäre die Sache ja wohl meine Angelegenheit und nichts zum Renommieren bei, aber ihrem Kaffeekränzchen. Au weia! Das hatte zwar gesessen, aber ich bin mit knapper Not Tätlichkeiten entgangen. Mit dem Vergessen von Feiertagen sind wir auch sonst Experten Unseren Hochzeitstag haben wir regelmäßig vergessen, wenn es kein runder war. So wunderte sich mein Schwiegervater einmal dass ich auf seinen Anruf zum Hochzeitstag so unwirsch reagierte. Er sprach von „Gottes Segen, guten und schweren

Stunden, vertrauensvoller und ernsthafter Gattenliebe, traulicher Gemeinschaft und vielen Jahren häuslichen Eheglücks, kurz, „Drama, Baby, Drama".

Was er nicht sehen konnte, war, dass ich mit Gummihandschuhen und Stiefeln mit einer Wurzelbürste auf der Terrasse stand und die Steine mit Hilfe einer scheußlich riechenden Chemikalie vom Moos befreite. In solchen Situationen habe ich nur mal keinen Sinn für Feierlichkeiten.

Kapitel 4

Delft oder die Schwierigkeit etwas zu schenken

Es gehört sich so, dass man zum Geburtstag etwas geschenkt kriegt. Aber in diesem besonderen Fall war es schwierig. Natürlich kommt es vor, dass man mit einem Geschenk nicht immer den Geschmack des Beschenkten trifft. In diesem Fallerlaubt der gesellschaftliche Verhaltenscodex sogar die Lüge. Da wird Entzücken geheuchelt. Obwohl das Ding scheußlich ist und man damit eigentlich gar nichts anfangen kann. Aber – ist es überhaupt eine Lüge, Freude vorzuspielen, sozusagen als Anerkennung, dass jemand sich die Mühe gemacht hat, etwas zu schenken?

Nicht so bei ihr. Sie hat auf Geschenke auf drei Arten reagiert. Die erste Reaktion auf ein Geschenk war: „Das gefällt mir nicht!" In unserer Familie war es üblich, auch bei kleinem Geldbeutel etwas zu finden, was der anderen Freude macht. Wenn man seinen Verstand dabei benutzt, klappt das auch ganz gut. Pfiffige Ideen und Überlegungen, was der zu Beschenkende mag, führen oft zu originellen Resultaten. Selbstgemachtes ist etwas, was nicht jeder hat. Aber derartige Versuche führten zu der besagten Reaktion. Auf den Hinweis, dass das dem Schenkenden gegenüber doch wohl etwas unhöflich wäre, erfolgte die Antwort: „Ich bin eben bloß ehrlich"

Jung und unerfahren, wie ich damals war, nahm ich mir meine vermeintliche Gedankenlosigkeit zu Herzen. Ich überlegte, womit ich ihr wirklich eine Freude machen konnte. Da sie nun immer davon sprach, sich „nach oben" zu orientieren, schenkte ich ihr eine Romantrilogie, die in den Kreisen der oberen Zehntausend spielt. Ihre Reaktion war: „Was soll ich denn damit?"

Im Übrigen habe ich die Bücher nicht allzu viel später im Bücherschrank von Tante Pauline entdeckt.

Die dritte Art der Reaktion war das Zurückschenken. Wir haben ihr zum Beispiel ein neues Radio mit Kassettendeck geschenkt. Einmal weil ihr altes Radio noch aus der Zeit des Volksempfängers stammte, aber auch, weil wir dachten, mit Musikkassetten könnte sie ihre Lieblingsmusik jederzeit hören, und die Kassetten wären bedienungsfreundlicher als die alten Vinylscheiben. — Sie hatte die beim Aufsetzen des Tonabnehmers alle total verkratzt, wollte das aber nicht einsehen und behauptete, ihre Nachbarin hätte die verhunzt, als sie die auf Kassette überspielt hat — Sie könnte außerdem die Kassetten mit Grüßen besprechen für ihre nach Neuseeland ausgewanderte Schwester. Und man könnte ihr jederzeit neue Musikkassetten schenken, mit der Musik, die sie gerne machte. Welch schöner Traum von eine heilen

Musikwelt. Jahre später bei einem Besuch die große Ankündigung: Ich habe etwas für euch! Siehe da, der Radiorecorder! Ob sie ihn nicht bedienen konnte oder einfach überdrüssig war, haben wir nie rausgekriegt

Ähnliches passierte auch, als sie in die seniorengerechte Wohnung zog und ihren Haushalt verkleinern musste. Dabei ging es um einen Keramikteller. Sie bot ich mir an: „Willste den haben? Der hat mal einen Haufen Geld gekostet!" Das wiederum wusste ich nun sehr genau. Wir hatten das Teil mal in Frankreich gekauft und ihr geschenkt. Ich sagte ihr das. Dabei kam ihr irgendwie doch eine Art Einsicht, sie fragte zaghaft: „Eigentlich schenkt man nichts zurück. Oder?" Ich habe dazu nichts weiter gesagt.

Im Übrigen hatte sie eindeutig eine gestörte Beziehung zu Geschenken. Das sah man auch daran, dass sie weder „bitte" noch „danke" sagen konnte:

Anstatt „Danke" gab es die drei Reaktionen: Das gefällt mir nicht; was soll ich denn damit; und Zurück schenken; für „Bitte" hieß es bei ihr: „ich krieg doch" oder da krieg ich ja" oder „ich krieg aber". Ihrer Meinung nach kriegte sie nämlich nie etwas. Einmal, als wir ihr in Ermangelung einer besseren Idee einen Präsentkorb mit Edelspirituosen und Nobelkonfekt -ach, die vielen Kalorien – geschenkt hatten, waren wir kurz zuvor von einer Reise zurückgekommen. Wir wohnten dort immer in derselben Pension und hatten zu der Pensionswirtin, einer netten alten Dame, ein sehr gutes Verhältnis. Bevor sie die Pension übernommen hatte, waren sie und ihr Mann Besitzer eines Delikatessenladens gewesen. Aus dessen restlichen Beständen hatte sie uns eine Flasche eines edlen alten französischen Rotweins geschenkt: Unser Fehler war, das bei der Geburtstagsfeier zu erzählen! Ein Vulkan brach aus:

- Nie kriege ich was geschenkt: Warum kriegt ihr eigentlich immer was?? Eigentlich gehört die Flasche mir, Aber ich krieg ja nie etwas von euch!

Und das zwei Minuten, nachdem sie von uns den nicht ganz billigen Präsentkorb bekommen hatte. Wir waren beide damals noch Studenten, und der Inhalt des Korbes war ganz schön an unser finanzielles Limit gegangen. Aber das nahm sie gar nicht mehr wahr.

Die Krönung aber war die Sache mit Delft. Das kam so:

Mit der Berliner Morgenpost zur Tulpenblüte! Das Angebot hatten sie gerne wahrgenommen und schwärmten noch bei ihrer Rückkehr Die Flugreise nach Amsterdam; schönes Hotel; Tulpenpracht im Keukenhof, Ausflug zur Nordsee und vor allem Delft! Nein, was es da für schöne Dinge gab Leider war das Reisegepäck auf 20 Kilo begrenzt. Deshalb gab es nur eine Kleinigkeit, die sie sich aus Delft mitgebracht hatte. Delft war tage-sogar wochenlang das Thema. Wenigstens, so glaubten wir, waren wir für den nächsten Geburtstag auf der sicheren Seite. Ein Geschenk aus Delft konnte weder unter die Kategorie Gefällt mir nicht oder Was soll ich denn damit, fallen, und zurückschenken würden sie es mit Sicherheit auch nicht. Wohin geht nun ein Westberliner, wenn er etwas für gehobene Ansprüche erwerben will und sichergehen möchte, etwas Passendes zu finden? Richtig, er geht ins Kadewe. Das taten wir auch und fanden eine recht ansehnliche Auswahl von Artikeln aus Delft. Nach einigen Überlegungen erwarben wir eine Schale, die sowohl etwas hermachte als auch im Rahmen unserer finanziellen Möglichkeiten lag.

Geheimtipp, wenn man wenig Geld hat, dann sollte man ein möglichst großes Geschenk machen, bezogen auf die Ausmaße, da kommt keiner darauf, wie wenig es eigentlich gekostet hat.

Also: wir setzten uns zum Geburtstag in Bewegung, in der freudigen Erwartung, endlich einmal das Richtige gefunden zu haben. Stolz überreichten wir unser Präsent, das wir sogar in das richtige Geschenkpapier hatten verpacken lassen und warteten auf ihre Reaktion. Als sie beim Auspacken erkannte, was es war, drehte sie es um und schüttelte den Kopf.

- Nein, das ist kein echtes Delft!
- ???!!!
- Das Zeichen stimmt nicht!
- ?? Auf der Schale stand groß und deutlich   DELFT   mit Großbuchstaben.

Sie stiefelte ins Wohnzimmer und holte das in Delft erworbene Stück, das zweifellos eine andere Marke auf der Rückseite aufwies.

- Man hat uns gesagt, nur mit diesem Zeichen ist es echtes Delft!

Na klar, die Morgenpost-Leser waren im Rahmen des Reiseprogramms in eine Manufaktur verfrachtet worden, mit Sicherheit kriegte de Reiseleiter dafür Prozente, und man hatte ihnen erklärt, nur hier gäbe es das echte Delft. Mein Einwand, Delft sei ein Ortsname, und es gäbe dort wohl mehrere Manufakturen, die echte Delfter Ware herstellten, wurde einfach vom Tisch gewischt.

Auch das Argument, im Kadewe würde man wohl keinen nachgemachten Ramsch verkaufen, zählte nicht. Zu spät fiel ein, dass das Kadewe wohl mit einer anderen Delfter Manufaktur zusammenarbeiten dürfte, die aber genauso echte Delfter Ware herstellt. All das zählte nicht!

-    -Da habt euch ja was andrehen lassen! Ich bin enttäuscht!

Damals war ich wie gesagt noch jung und unerfahren Also sagte ich den ganzen Tag nichts mehr. Heute würde ich ganz anders vorgehen. Die erwähnte Szene spielte sich in der Küche ab. Die Küche hatte einen gefliesten Fußboden. Dies würde zu folgender Aktion einladen: Ich nehme das Geschenk an mich, schmettere es wortlos auf den Fußboden, dann nehme ich meinen Mantel, ziehe ihn an und verlasse ebenso wortlos die Wohnung und fahre nach Hause.

Ich weiß, das ist ein Verhalten, das unter zivilisierten Menschen eigentlich nicht üblich ist, aber leider die einzige Sprache, die sie versteht. Ich habe das damals nicht gemacht, weil ich so erzogen bin, dass ich vor älteren Leuten Respekt habe und in Ansätzen doch unsicher war, ob das Ganze nicht vielleicht doch mein Fehler war.

Es blieb aber bei mir sehr lange der Gedanke haften: Von mir kriegt die nie wieder was geschenkt!

-

Kapitel 5
Det macht so ville Arbeet!

Es ist nun mal leider so, dass beim Ausrichten eines Geburtstags die gefeierte Person die meiste Arbeit hat, besonders wenn es sich um die Hausfrau handelt. Durch das erwähnte Kuchenpaket, welches die Gäste mitbringen, wird das Problem nicht gelöst, es bleibt das Tischdecken, Abräumen, Kaffeekochen und Abwaschen. Ein Party-Service lohnt sich auch nicht für acht Personen, abgesehen mal von den Kosten.

Die ausgleichende Gerechtigkeit ist, dass es im Lauf des Jahres jeden einmal erwischt.

Bei Tante Gertrud kamen, so lange sie in der Küche eines Krankenhauses arbeitete, die auserlesensten Speisen auf den Tisch, die sie „von Handelsvertretern geschenkt bekommen hatte". Viel später klärte uns jemand, der als Koch gearbeitet hatte, dahingehend auf, dass das Zeugs schlicht und ergreifend geklaut worden war, das sei in Großküchen so üblich. Jedenfalls, als Tante Getrud aufhörte zu arbeiten, hörten die Geburtstagsfeiern schlagartig auf, „weil sie doch so krank war.". Bei uns wurde die Nase gerümpft, weil, „ihr bietet immer so 'n billiges Zeugs an." Studenten kaufen normalerweise nicht bei Feinkost Käfer oder Fauchon.

Bei ihnen gab es immer Kuchen vom Bäcker, von einem allseits bekannten Billig-Anbieter, „da schmeckte es am besten, weil er immer so frisch ist" –zum Selbstbacken war sie, wie gesagt zu faul –und was sonst noch?

Arbeit machte sie sich schon, sie wickelte um eine Stange Dosenspargel eine Scheibe Kochschinken, kleckste Mayonnaise darauf, drapierte acht davon auf einer Aufschnittplatte. Die ließ sie den ganzen Tag in der Küche stehen, natürlich außerhalb des Kühlschranks, man musste es ja rechtzeitig vorbereiten, und da stand es nun und schwitzte vor sich hin. Es wurde nie etwas anderes angeboten, Käse gab es immer nur in einer zerkratzen Käseglocke aus Plastik, bei der eine Ecke abgebrochen war. Bekanntlich leben kaputte Dinge am längsten, das Teil ist erst verschwunden, als sie in eine Seniorenwohnung umzog. Es wurde offensichtlich nur uns zuliebe auf den Tisch gestellt. „Ihr esst ja Käse!", mit dem Ausdruck höchsten Ekels, als ob es sich um geröstete Heuschrecken oder Mehlwürmer handelte. Aber dass sie uns Käse anboten, war in ihren Augen das höchste Zeichen der Toleranz.

Nur einmal, das hat sie den Vogel abgeschossen. Ihre eigene Mutter war da noch dabei, aber nicht mehr Tante Gertrud und Onkel Willi

- Könnt ihr mir mal helfen?

Oma und ich gingen in die Küche, die sonst verbotenes Terrain war. Dort erwarteten uns fünf kleine Stückchen Brathering in Gelee, eine Gurke und ein Pfund Tomaten. Ich hobelte die Gurke, Oma schnitt die Tomaten, wir taten die Fischstücke auf Teller und stellten sie auf den Esstisch. Sie seufzte wohlig.

- Ist das schön, ich habe noch nie so wenig Arbeit gehabt!

Dass es blöd ist, wenn man nur eine Speise auftischt, haben sie nie eingesehen. Besonders, als es nur einen dicken, fetten Räucheraal zu essen gab, nichts anderes. Wie von der Losbude gewonnen, mit Kopf und Schwanz, unzerteilt.

Na ja, sie konnten ja nicht wissen, dass ich gerade die Blechtrommel von Günter Grass gelesen hatte und seitdem ein ausgesprochen gestörtes Verhältnis zu Aalen hatte. Ich bin jedenfalls ungesättigt vom Tisch aufgestanden. Ich habe eine Antipathie gegen alles Meeresgetier, so auch gegen Tintenfische und Muscheln, aber dieses „ausländische Zeugs" wäre bei ihnen sowieso nicht auf den Tisch gekommen.

Kapitel 6
Strangers in the night

„Ich finde ja Frank Sinatra so „Wunderbar", säuselte sie mit einer Stimme, die sie für „gebildet" hielt. Nur, dass sie von Frank Sínatra sprach, der Mann heißt aber nun mal Frank Sinátra, als Nachkomme italienischer Einwanderer. Überhaupt, mit der Bildung, da trieb es manchmal, seltsame Blüten, dabei wollte sie sich doch von ihren "prömmetiehfen" Nachbarn, die nur in der Fabrik arbeiteten, abheben.

Eines Tages im November zeigte sie mir voller Stolz die Winterbepflanzung der Balkonkästen.

-    Das sind alles echte Koniferen!

Je, das sah ich auch, lauter Minibäumchen, kleine Tannen oder Fichten, oder waren es Kiefern? Ich fragte nach.

- Na, ich sagte doch, Koniferen. Das sind alles echte Koniferen! So was Popliges wie Kiefern oder Fichten das können sich nur Proleten leisten! Ich staune ja, dass du keine Koniferen kennst, wo du doch studiert hast! Dabei stand bei Blume 2000 ganz groß dran: Jede Konifere 2 DM!

Sollte ich ihr nun die Illusion nehmen und erklären, dass alle Nadelbäume unter dem Oberbegriff Konifere zusammengefasst sind .Mit Sicherheit würde ich dann eine Bemerkung provozieren:

- Du willst studiert haben: Du hast doch gar nicht Biologie studiert, woher willst du denn das wissen? Du bist nichts weiter als ein

Klugscheißer! Du bildest dir wohl ein, du bist was Besseres?

Da ich das schon ahnte, hielt ich lieber den Mund.

Aber nun zu Frank Sínatra oder Sinátra. Den fand sie gut. Ein wichtiger Hinweis für das nächste Geburtstagsgeschenk.

Aber: In welcher Form? Damals war die Musikkassette das gängige Format. Die CD steckte noch in den Kinderschuhen. Und mit Vinylscheibenhatte sie immer auf Kriegsfuß gestanden, die hatte sie total verkratzt, weil sie beim Auflegen so plump war. Das wollte sie nicht einsehen, aber ihre ganzen Platten waren in einem lausigen Zustand. Und als ihre Nachbarn ihre Schallplatten auf Kassette überspielt hatten, da hört man das Desaster. Von da an hieß es: Die haben meine wertvollen Platten versaut, und mit der Freundschaft war es fast vorbei.

Also Kassette. Um nichts falsch zu machen, erstanden wir ein Doppelalbum: Best of Frank Sinatra. Und weil zwei kleine Musikkassetten so schäbig wirkten, da erstanden wir dazu noch einen Kassettenrecorder, laut Auskunft im Musikmarkt garantiert seniorengerecht. Wir zogen also in froher Erwartung los, um das Präsent zu überreichen. Ihre Reaktion:

- Was soll ich denn damit?? Ick kann doch keen Englisch! Und der Rekorder ist viel zu kompliziert!

Ach ja, das Englische! Es selbstverständlich keine Schande, wenn man kein Englisch kann. In der Volksschule wurde Englisch früher eben nicht gelehrt. Aber was sie daraus machte, zeigt, dass Halbbildung schlimmer sein kann als gar keine Bildung.

Im Bekleidungshaus, wo sie stundenweise arbeitete, gab es eine Produktreihe, im Premiumbereich, die sich „your sixth sense" nannte. Zugegeben, man kann sich streiten, ob man alle Alltäglichkeiten auf Englisch ausdrücken muss.

Jedenfalls hörte sich das, was sie für Englisch hielt, etwa so an: juh sixs sinz. Sie hatte mitbekommen, dass die Aussprache und die Schrift im Englischen manchmal sehr unterschiedlich sind. Und so wurde aus den bekannten Schauspielern Charles Bronson und Clint Eastwood Scharls Brongsen und Klaimpt Eestwurt. Mein Schwiegervater, der eine Handelsschule besucht hatte und das Englische in Wort und Schrift beherrschte, reklamierte die falsche Aussprache. Ihre Erwiderung darauf war:

- Das ist nicht falsch, ich spreche eben mit deutschen Akzent! Ich bin stolz eine Deutsche zu sein! Immer mit die ollen Ausländer so'n Gewese zu machen...(sie benutzte einen wesentlich stärkeren Ausdruck.)

Apropos Ausländer: Im Nachbarhaus zog eine koreanische Krankenschwester mit ihrer kleinen Tochter ein. Sie hatte weder für Mutter noch für Tochter sehr viel übrig, die Kleine merkte das natürlich und zeigte sich entsprechend schüchtern. Das führte dazu, dass sie nur von der „Pappchinesin mit ihrem bekloppten Balg" sprach, für das „der Steuerzahler aufkommen" musste. Richtig peinlich wurde es allerdings erst, als sie sich wegen einer wie bei ihr üblich eigentlich unnötigen Operation ins Krankenhaus begeben musste, und sie ihre Nachbarin wiedertraf, die dort als Krankenschwester arbeitete.

Als sie ihre Schwester in Neuseeland besuchen wollte, da hat sie tatsächlich an der Volkshochschule Englisch gelernt. Aber sehr viel davon ist nicht hängengeblieben

Nachspiel: Sowohl die Musikkassette mit Frank Sinatra als auch den Recorder bekamen wir drei Jahre später zurückgeschenkt. .

Kapitel 7
Das Kamel oder der Super-GAU

Das Kapitel, das jetzt folgt, ist eigentlich das ungeheuerlichste. Es ist schwer, einen Anfang zu finden. Im Grunde genommen kamen zwei Dinge zusammen: Unsere Freunde und ihre Nichtbeziehung zu mir. Hatte sie am Anfang unsere Ehe noch geglaubt, sie könnte in ihrem Bekanntenkreis mit ihrer Schwiegertochter als „gute Partie" prahlen und ein Abglanz fiele auch auf sie zurück, dann ist das gründlich schiefgegangen. Zum Prahlen bin ich nun ganz und gar nicht geeignet, und an meinem bzw. unserem Lebensstil hat sie bis zum Schluss etwas auszusetzen gehabt. Sie hatte sich auch angewöhnt, nur über mich zu sprechen, nicht mit mir, auch wenn ich dabei anwesend war: Sie trägt immer so unvorteilhafte Kleidung. Sie braucht dringend Psychotherapie. Ja, wenn man sich die ganzen Ungeheuerlichkeiten anhört, da kann man schon verrückt werden.

Einmal, im Urlaub, den wir zusammen verbringen mussten, lag mein Mann mit einer heftigen Bronchitis auf der Nase. Ich machte ich auf zu ihrem Quartier auf und berichtete ihr davon, auch deutete ich an, dass es mit der geplanten Verabredung zum Abendessen nichts werden würde. Zwei Tage später beschwerte sie sich, wir hätten uns ja eine „ganze Woche" nicht gesehen. Dass ich zwei Tage vorher dagewesen war das zählte nicht. Ich war eine Unperson.

Was habe ich mich um diese Frau bemüht, um es ihr recht zu machen! Niemals hat sie ein Wort der Anerkennung verloren. Ich habe sie in der Vergangenheit einmal im Monat besucht, ihr ihre Rente gebracht, weil ihr der Weg zur Bank schwerfiel, und für sie eingekauft. Das geschah streng nach Einkaufszettel.

- Geh doch mal in den Drogeriemarkt, zum Essen habe ich alles da!

Auf dem mitgegebenen Einkaufszettel stand, was man so aus dem Drogeriemarkt braucht: Klopapier, 1 Paket Kosmetiktücher, zwei Pakete Tempotaschentücher, Hautcreme…

Als ich die Tüte mit den Einkäufen auspackte:

- Ich wollte doch zweimal Kosmetiktücher und einmal Tempo! Naja, haste mal wieder nicht richtig aufgepasst!

Ich zeigte ihr kommentarlos den Einkaufszettel.

- Ach so! Na dann bist du
  rehabilitiert!

Ein anderes Mal bat sie am Telefon, wir
sollten ihr eine Flasche Wodka
mitbringen- „die mit dem russischen
Namen und den roten Etikett, ich komme
jetzt nicht auf den Namen". Also der
Wodka mit dem roten Etikett stand als
Sonderangebot neben der Kasse in
unserem Supermarkt und hieß Smirnoff.
Ich hatte das Angebinde immer dann
bewundern dürfen, wenn es an der Kasse
mal wieder nicht weiterging. Rotes
Etikett, eindeutig ein russischer Name.
Ich kaufte also eine Flasche und brachte
sie ihr mit. Über meinen Mann, bei dem
sie sich am Telefon über meine
Begriffsstutzigkeit beschwerte, erfuhr
ich, dass sie den Wodka mit de Namen
Jelzin hätte haben wollen. Allerdings fiel
mir dazu ein, dass der Wodka der Marle
Jelzin ein blaues Etikett hatte. Aber ich
hätte das doch wissen müssen, dass sie
blau meint, wenn sie rot sagt.

Manchmal musste ich ihr aus mehreren Geschäften etwas mitbringen, natürlich alles mit Kassenbon, dann wurde alles auf den Cent genau abgerechnet. Da Kopfrechnen nicht gerade meine Stärke ist, habe ich die einzelnen Geldbeträge mit meinem Taschenrechner zusammengerechnet. Praktischerweise ist der Taschenrechner Teil meiner Uhr, die hat man immer dabei. Nach dem Ende meines Einkaufs fuhr ich etwas erschossen nach Hause, so ein Besuch verschlang den ganzen Tag, um Tage später – wieder über meinen Mann- zu erfahren, „dass meine Uhr wohl nicht richtig rechnet" Ich hätte sie ja wohl um zehn Euro betrogen, aber das wolle sie ja gar nicht so sagen...

Als ich das nächste Mal kam, lag der Bon als Zeuge der Anklage auf dem Tisch. „Was hast du dazu zu sagen!?"

Was ich dazu zu sagen hatten, war folgendes: Ich hatte vom Bäcker zum Mittagessen zwei Stück Kuchen zu je 2,

50€ mitgebracht, sowie zehn Briefmarken zu 55 Cent, macht zusammen 10,50 €.Weder beim Bäcker noch bei der Post gab es Kassenbons, aber zumindest die Briefmarken waren ja da.

- Ach so???

Aber bis heute ist sie den Verdacht nicht losgeworden, dass ich die zehn Euro doch unterschlagen habe.

Wie schon erwähnt, waren sie nie mit unseren Freuden und Bekannten einverstanden, Wir haben auch immer dafür gesorgt, alles möglichst auseinanderzuhalten. Richtig ungemütlich wurde es aber, wenn sie mal mir unseren Freunden einverstanden waren. Das erste Mal hat sie uns ganz offensichtlich bei unseren Freunden nach Strich und Faden beredter und durchblicken lassen, dass sie unseren Lebensstil missbilligte und Einzelheiten erzählt, sie eigentlich den Familienkreis nicht verlassen sollten.

Besonders mich muss sie dabei auf dem Kieker gehabt haben.

Jedenfalls waren unsere Freunde plötzlich merklich kühler. Dadurch, dass wir weggezogen sind, hatte sich das beim ersten Mal erledigt. Das zweite Mal war schlimmer. Unsere Freunde, die wir seit immerhin sechzehn Jahren kannten, fanden endlich Gnade vor ihren Augen. Wir waren froh, dass sie endlich mal einverstanden war.

Der weibliche Teil unserer Freundschaft verstand es perfekt, sie zu umgarnen. Das gefiel ihr, und ich bekam laufend zu hören, wie gut sich Agnes um die kümmerte. Das „Gut-Kümmern" bestand in ein paar zuckersüßen Schmeicheleien, die Arbeit hatte ich weiterhin-Siehe oben.

Beide Damen waren sich einig über meine Unzulänglichkeit. Möglicherweise hoffte Agnes auch darauf, in ihrem

Testament berücksichtigt zu werden, wegen ihrer rührenden Fürsorge.

Wie dem auch sei, es nahte ihr 85. Geburtstag. Sie wollte ihn bei uns verbringen und einige Tage im örtlichen Seniorenheim probewohnen. Sie hatte das schon einige Male gemacht und schien sehr angetan. Das Restaurant, was sie sich zur Feier ausgesucht hatte, war leider am fraglichen Tag nicht frei, daher bemühten wir uns um einen Ersatz. Der bot sich in einer Gaststätte, die einer Verwandten von Agnes gehörte, und die wir als Haus mit guter Küche kennengelernt hatten.

Wenn wir gewusst hätten, was alles kommen würd, hätten wir die ganze Aktion komplett abgeblasen. Aber dann hätte es mit Sicherheit geheißen: Ich wollten ja in N. feiern, aber die Beiden waren zu faul oder zu dämlich, um das zu organisieren. Und haben meinen Geburtstag versaut.

Also, ich begab mich eine gute Woche vor der Feier in die besagte Gaststätte, sah mich um und klärte noch einen besonders wichtigen Punkt. Wären gewisse Räumlichkeiten im Kellergeschoß angesiedelt gewesen, dann hätte man das Ganze vergessen können, weil sie sehr schlecht zu Fuß war. Die waren es zwar, aber da gab es noch eine Möglichkeit im Erdgeschoss, zu der führten nur drei Stufen, das hielt ich für machbar. Ich machte mich auf, um sie mit dem Auto aus Berlin abzuholen. zwei Stunde hin, zwei Stunden zurück. Irgendwie merkte ich schon, dass ihr die ganze Sache nicht passte, im Gegensatz zu früheren Aufenthalten zog sie eine immer länger werdende Fresse. Ich hatte schon ein sehr schlechtes Gefühl, hoffte aber, die Sache sei nach dem Geburtstag überstanden.

Der Tag war da, wir trafen uns an der Gaststätte, wir, sie mit ihrem Betreuer, ihre älteste Freundin mit Lebensgefährten und unsere- wie wir dachten –Freunde. Mir fiel auf, dass mich ihre Freundin so ganz komisch von der Seite abguckte, aber ich dachte mir nichts dabei, vielleicht tat sie das auch, weil wir uns schon sehr lange nicht mehr gesehen hatten.

Schon beim Kaffee schien sie wieder zu maulen. Die selbstgebackene Obsttorte war ihr offensichtlich nicht mondän genug. Ihre Versuche, „gebildete" Konversation zu machen, zeigte das.

- Ich habe immer versucht, mich nach oben zu orientieren, mein Sohn dagegen nach unten.

Das war die Reaktion auf die Feststellung, dass wir uns an unserem neuen Wohnsitz sehr wohl fühlten und den Wegzug von Berlin auf keinen Fall bereuten.

- Ihr uff eure dusslige Kuhbläke inne Zone!

Sie wunderte sich, dass wir nicht mindestens einmal jede Woche nach

„Bellin" – diese Aussprache hielt sie für vornehm - kamen, um uns satt zu essen und Hamsterkäufe zu machen.

- Inne Zone jibt es doch nischt!

Dann fragte sie mich, wo die besagte Örtlichkeit sei. Ich zeigte ihr den Weg, und sie war zutiefst empört über die drei Stufen. Da wir zwei und mehr kräftige Männer in der Runde hatten, meinte ich, man würde ihr doch sicher helfen.

- Denn sehe ick ja so alt und unvorteilhaft aus (Alt??? Doch nicht mit 85!!)

Und dann zu Agnes, mit tiefster Empörung:

- Das Kamel hätte das doch wissen müssen!

Und Agnes zuträgerhaft eifrig, antwortete mit Ja, ja, ja, ja,ja.

Da platzte mit endgültig de Papierkragen, zumal sich das Letzte in sehr großer Lautstärke abgespielt hatte.

Ich stand also auf du sagte nicht ganz so laut:

- Das muss ich mir nicht bieten lassen, ich gehe jetzt!

Zugegeben, ich hatte als Reaktion in etwa erwartet, dass jemand sagte: Komm, sei doch gemütlich, es ist schließlich Geburtstag, nun lass doch mal…

Aber es kam so, von Agnes:

- Von deiner Mutter wirst du dir doch wohl was sagen lassen!

Mein Einwand, sie sei ganz und gar nicht meine Mutter, trieb die Sache auf die Spitze. Agnes wurde mit Mühe daran gehindert, auf mich loszugehen. Beim Rausgehen schallte mir noch das „unerhört" hinterher. In diesem Moment war es mir auch egal, wie mein Mann nach Hause kam, es waren ja drei Parteien mit Auto da. Er ist aber doch mit mir mitgegangen.

Als wir dann nach Hause fuhren, sagte er mir, dass er sich allen Ernstes gefragt hätte, wie ich reagieren würde, und ich hätte schon viel zu lange stillgehalten.

Die Sache hatte zwei Folgen: Sie flüchtete am selben Tag zurück in ihr geliebtes Berlin – und zwar mit ihren Betreuer. Der hielt ihr allerdings vor, dass sie sich wohl ganz gehörig im Ton vergriffen hätte.

Außerdem ist seitdem die Freundschaft im Eimer. Agnes hat mir den Krieg erklärt, obwohl ich ihr persönlich nie etwas getan habe, und ihr Gatte ist auf die Masche von meinem Schwiegermonster hereingefallen, dass die nach unsere Abgang eine Szene wie aus einer italienische Oper hingelegt hat mit Tränen und Gejammer.

Ich kann mir das sehr gut vorstellen, sie neigt zur Theatralik. Und Agnes' Ehegatte hat inzwischen durchblicken lassen, dass es ihm um unsere Freundschaft leid tut, aber dass er sich nicht gegen sein Weib durchsetzen kann. Sie hat von beiden regelmäßig Urlaubsgrüße und Telefonanrufe gekriegt. Aber wir waren verdammt in alle Ewigkeit.

Das war das Ende einer wunderbaren Freundschaft.

Übrigens, einfach aufzustehen und zu gehen, ist eigentlich gar nicht meine Art. Aber ich hatte da ein Déjà-vu-Erlebnis.

Es ist ungefähr vierzig Jahre her, als mich mein damalige Freund das erste Mal seien Eltern vorstellte. Mit einer Einladung zum Abendbrot. Mir war klar, dass ich mich hier auf einem verminten Territorium bewegte, also war ich erstmals vorsichtig. De gedeckte Abendbrottisch zeigte mir zunächst keine Stolpersteine und Fallen, ich war in der Lage, belegte Brote so zu verzehren, dass es zu keine Beanstandung kommen würde. Bei Hummer, Austern oder Schnecken hätte ich mit Sicherheit ernsthafte Probleme gehabt. Aber nicht bei Wurst, Schinken, Käse, Butter und

Brot. Dachte ich .Es gaben sogar massive Probleme, aber dafür konnte ich letztendlich nichts.

Mein zukünftiger Schwiegervater — er wusste es zu diese Zeit noch ncht- sagte plötzlich zu seinem Sohn: Leg dir den Käse nicht so dick aufs Brot!

Der, mit Sicherheit sich vor seiner Freundin blamiert fühlend gab zurück: Wenn wir erstmals verheiratet sind, lege ich mir den Käse auf die Stulle so dick wie ich will!

Daraufhin stand sein Vater auf, zog sich wortlos an und verließ die Wohnung. Wir dachten, er würde mal eine Runde um den Block gehen. Aber die Zeit verging, nach einer Stunde war er immer noch nicht zurück. Und es war ganz und gar nicht seine Art, seinen Frust in einer x-beliebigen Kneipe hinunterzuspülen. Nach anderthalb Stunden kam ein Anruf, wir waren schon reichlich unruhig, er war in die U-Bahn gestiegen und bis zur Endstation gefahren.

Diese Episode fiel mir wieder ein, offensichtlich musste man in dieser Familie so einen Paukenschlag zelebrieren, um Senem Unmut Luft zu machen. Aber – war mein Unmut nicht ein kleinwenig berechtigt?

Nachwort
Dann kommt sie eben allein

Das Folgende spielte sich im Jahr nach der großen Katastrophe ab. Besuch war da. Aus Neuseeland. Die Zwillingsschwester meiner Schwiegermutter war vor Jahrzehnten ausgewandert- sie lebte schon lange nicht mehr -, aber ihre Tochter kam alle paar Jahre nach Europa. Da sie einen Tag vor meiner Schwiegermutter Geburtstag hat, wollten die beiden Damen zusammen feiern. Soweit so gut. Aber sonst war gar nichts gut.

Sie hatte mal wieder den Tick, dass man den Geburtstag unbedingt an eben diesem Tag zu feiern hat. Also an einem Mittwoch. Mein Mann war zu diesem Zeitpunkt schon schwer krank, er musste drei Mal die Woche zur Dialyse, und die war an einem Mittwoch, da war nichts zu ändern.

- Man feiert am Geburtstag selbst, dann kommt sie eben allein!

Sie, das war ich. Und ich hatte nicht die geringste Lust, mit den beiden Damen sich den ganzen Nachmittag anzuöden. Insbesondere weil sie rummaulen würde, dass ihr Sohn nicht dabei war. Sie hatte sich nie damit abfinden können, dass ihr Sohn ein dialysepflichtiger Patient geworden war. Nicht aus Mitleid mit seiner doch schweren Krankheit, nein, er machte ihr ihre Privilegien streitig. Krank zu sein, das stand nur ihr zu. Musst du denn immer noch zu deiner Dialyse? – Ja, das musste er wohl bis an sein Lebensende. Das hat sie nie verwunden, dass er ein so schönes Leiden hatte - in ihren Augen.

Als ihre Schwester Krebs bekam, die ist damit 85 Jahre alt geworden, bestand sie darauf, unbedingt eine Ballenoperation vornehmen zu müssen. Im Krankenhaus stieß sie auf einen jungen, noch idealistischen Arzt aus dem Iran, der ihr die Sache als unnötig ausreden wollte. Sie ist ihm fast ins Gesicht gesprungen.

- „Der versteht doch nischt davon. Typisch Ausländer!

Jedenfalls fand die Operation statt .Und es gehörte nun auch ein Pflichtbesuch im Krankenhaus dazu, mit entsprechender Bewunderung des Leidenswegs. Die Sache blieb an mir hängen.

Nun war am Tag vorher folgendes passiert: Mein Mann kam mit Ohrenschmerzen nach Hause. Er hatte am nächsten Tag einen Termin beim Augenarzt. De erkannte das Problem, setzte ihn erstmals unter eine

Rotlichtlampe und schickte ihn zum HNO-Arzt. Der diagnostizierte eine heftige Mittelohrentzündung, verordnete Antibiotika und steckte ihn für eine Woche ins Bett. Also wurde ich zum Krankenbesuch verdonnert. Wo ich so was so sehr liebe. Na ja. Ich erzählte also, was bei uns los gewesen war, einfach um einen Gesprächsstoff zu haben.

Ihre Erwiderung: Hallo! Ich bin hier krank!

Die Krönung ereignete sich dreißig Jahre später. Mein Mann hatte schon längere Zeit Probleme mit den Nieren. Zu Ostern, am Sonnabend 2009 stand unser Hausarzt früh vor der Tür und teilte uns mit, dass mein Mann sofort ins Krankenhaus müsste. Wegen akuten Nierenversagens. Wir verbrachten den Tag in der Notaufnahme des Krankenhauses. Ich machte mir natürlich wahnsinnige Sorgen. Als dann erst mal alles geregelt war, rief ich sie an, der

Pflichtanruf zu Ostern. Sie war zunächst indigniert, dass ihr Sohn nicht selbst anrief, und als ich ihr mitteilte, dass ihr Sohn im Krankenhaus lag, da war ihre Reaktion: Na und? Ich habe gerade drei Wochen im Krankenhaus gelegen! Das ist doch nichts Besonderes! Keine Frage, was er hatte, und wie es ihm ginge. Ich klärte sie auf, was los war, dass ihr Sohn in Lebensgefahr schwebte und wahrscheinlich dauerhaft dialysepflichtig werden würden. Sie greinte nur: Ich bin ja auch so krank!! Mein Nervenkostüm war in diesem Moment nicht gerade das Beste, und so platzte ich heraus, bevor sie mir weiter die Ohren volljammern konnte: Willst du jetzt einen Wettstreit veranstalten, wer die schönste Krankheit hat?

- Du hast ja nen Vogel! Damit brach die das Gespräch ab.

Ich hoffe, dass man versteht, dass meine Lust sie zu sehen sich seitdem in engen Grenzen hält.

Die Kusine aus Neuseeland war eine von der pomadigen Sorte, die sich einen Dreck dafür interessierte, wie es ihren Cousin ging. Umso mehr interessierte sie sich für ihre Tante, die meinte, sie hätte so niedliche kleine Schmuckfingerchen, deswegen bekam sie auch bei jedem Besuch etwas Entsprechendes.

Ich mach mir zwar nicht besonders viel aus Schmuck, aber ungerecht finde ich es trotzdem, zumal ich auf meine Kosten die ganze Arbeit gehabt habe.

Also, ich hatte wirklich keine Lust, „dann eben allein" zu kommen. Ihre Reaktion darauf war: Naja, seit deine Frau mir den Geburtstag so versaut hat, habe eigentlich keine Lust mehr zu feiern. Wie bitte? Ich hatte mich schließlich nur gewehrt, und wer die meisten Geburtstage versaut hat, das war ja wohl eindeutig. Jedenfalls haben wir daraufhin keinen Geburtstag mehr gefeiert, einmal, weil es meinem Mann immer schlechter ging, aber auch darum, weil wir keine Lust hatten, die weite Fahrt nach Berlin zu machen. Unser Leben war seitdem sehr viel ruhiger.